Na, Nel!

Shhh!

Meleri Wyn James

y Lolfa

Diolch i bawb sy'n parhau i helpu i roi bywyd i Nel fyrlymus:

i Meinir a Nia am eu cefnogaeth, i John Lund am y darluniau hyfryd, i Alan am ei waith dylunio ac i Sion am y clawr trawiadol. Diolch hefyd i'r holl blant fu'n rhannu eu hwyl a'u direidi â mi dros y flwyddyn ddiwethaf, mewn ysgolion, gwyliau ac eisteddfodau.

Argraffiad cyntaf: 2016
© Hawlfraint Meleri Wyn James a'r Lolfa Cyf., 2016
© Hawlfraint y lluniau: John Lund, 2016

Cynllun y clawr: Sion Ilar
Llun y clawr: John Lund

Rhif Llyfr Rhyngwladol: 978 1 78461 354 9

Dymuna'r cyhoeddwyr gydnabod cymorth ariannol
Cyngor Llyfrau Cymru

Cyhoeddwyd ac argraffwyd yng Nghymru
ar bapur o goedwigoedd cynaladwy gan
Y Lolfa Cyf., Talybont, Ceredigion SY24 5HE
e-bost ylolfa@ylolfa.com
gwefan www.ylolfa.com
ffôn 01970 832 304
ffacs 01970 832 782

Cynnwys

Beth ddywedodd y gacen
Nadolig wrth yr hufen iâ?

Ti'n cŵl.

Tawel Nos?

Pennod 1

Mis Mehefin

♫ "Pwy sy'n dŵad dros y bryn
Yn swnllyd, swnllyd iawn;
A'i wallt yn flêr
A'i sach yn llawn,
A chwilen yn ei farf?" ♫

"Rwy'n mynd o fy ngho'!"
Agorodd Mam ddrws y cefn a
mynd allan i dorri'r gwair. Ond
gallai glywed Nel yn canu lan staer
DROS BEN sŵn y peiriant.

♫ "A phwy sy'n dawnsio ar y to
A bron â thorri coes…?!" ♫

7

Awr yn ddiweddarach roedd Nel wrthi o hyd. Yn y gegin erbyn hyn. Daeth Mam i mewn gyda'r fasged olchi wag ar ôl hongian y dillad i ddawnsio yn un rhes anniben.

"Nel, beth am ganu cân fach arall? Neu, gwell byth, beth am WNEUD rhywbeth arall? Dim ond mis Mehefin yw hi."

Gwisgai Nel het am ei phen – ond nid het haf oedd hi.

"Dwi wedi cael syniad gwych! Beth am ddathlu dydd Nadolig HEDDIW? Wedyn, fydd dim rhaid i ni aros yn amyneddgar tan fis Rhagfyr diflas, diflas."

"Na, Nel."

"Pam?" Chwythodd Nel ar chwiban parti.

"Achos allwn ni ddim dathlu'r

Nadolig BOB DYDD o'r flwyddyn."

Stwffiodd Mam ragor o ddillad i geg y peiriant.

"Waw, Mam! Ti'n iawn – fe allen ni ddathlu'r Nadolig BOB DYDD."

"Rhaid i ni feddwl am Siôn Corn druan. Byddai'n ormod o waith iddo fe a'r corachod bach." Sythodd Mam a rhwbio ei chefn blinderus.

"Allen i HELPU Siôn Corn. Dychmyga, Mam. Fi yng Ngwlad yr Iâ, yn helpu SC a'r corachod gyda'r HOLL deganau yna —"

"Na, Nel."

Hanner awr yn ddiweddarach…

"Ydy hi'n ddydd Nadolig eto?"

"Na, Nel!"

Mis Hydref

♫ "Siôn Corn! Siôn Corn!
Dere yma! Dere NAWR!" ♫

"TWM! Cer i ymarfer dy offeryn!
CYN i bry cop greu Castell
Caernarfon arno fe! Fyddi di BYTH
yn barod am gyngerdd Nadolig yr
ysgol os nad wyt ti'n ymarfer!"

Cydiodd Mam yn y llyfr coginio
a dechrau bodio'n brysur. (*Cer i'r
gegin!* oedd enw'r llyfr ac roedd yn
llawn o luniau blasus.) Roedd Mam
wedi penderfynu y byddai'n beth da
iawn petai hi'n cael hobi newydd – i
fynd â'i meddwl hi oddi ar... wel,
oddi ar bethau.

Roedd Mam wedi penderfynu ar
goginio.

Cnodd ar y mins pei o siop Little nerth ei dannedd. Yn wir, nerth ei gallu i gau llyfr coginio yn glep. Digon da, barnodd, a setlo'n ôl ar y soffa.

Bu bron iddi dagu ar y toes melys wrth i Nel neidio o nunlle, yn bloeddio dros y lle:

"Dwi eisie chwarae offeryn eto! Fe fydden i'n ymarfer fy offeryn i BOB dydd. Addo, addo, bys, bys, addo."

Dawnsiai Nel o flaen ei mam, ei phen a'i breichiau'n troi fel Jedi yn ceisio rheoli dau *lightsaber* oedd allan o reolaeth.

Cododd Mam yn sydyn.

"Twm! Ar y tiwba yna NAWR!"

Roedd Dad yn y gegin yn gwneud ei orau i baratoi swper. Roedd e'n coginio bwyd ffres heddiw am y tro cyntaf ers amser hir. Mmm, crafodd ei ben. Am faint mae angen berwi brocoli?

"Ti'n cofio pan oedd Nel yn arfer chwarae'r ffidil?" Ymunodd Mam ag e gan eistedd wrth y bwrdd a dechrau darllen y llyfr coginio eto.

"Pan symudodd Wil Drws Nesa?" Tynnodd Dad ei lygaid oddi ar 'y gwenwyn gwyrdd', fel roedd Nel yn galw'r coed yn y sosban. "Wil Drws Nesa Sy Ddim Drws Nesa Nawr?" Cofiai Dad yn iawn am yr un tymor hir hwnnw pan fu Nel yn stryffaglu'n swnllyd ar y ffidil. Pwy feddyliai y gallai offeryn mor fach wneud y fath halibalŵ?

"Ble mae fy ffidil i, Mam?" Sbonciodd Nel i mewn i'r gegin ar un goes.

Fedrai Nel ddim clywed rhai

geiriau – fel ffrwythau… gwaith cartref… gwely… Ond clywodd y gair 'ffidil' mor glir â dŵr Plop ar ôl cofio ei newid. (Heddwch i lwch y pysgodyn soeglyd.)

"Dwi wedi rhoi'r ffidil i elusen… i rywun llai ffodus na ni." (Yn ffodus, meddyliodd Mam.)

"O, MA-AM! Ro'n i'n CARU'R ffidil yna!" Ceisiodd Nel grio. Yna, sobrodd. "Bydd rhaid i fi gael offeryn newydd 'te."

"Blwyddyn nesaf. Efallai," meddai Dad.

"Efallai." Edrychodd Mam ar Dad yn gas.

Edrychodd Dad ar y brocoli.

"Does dim RHAID cael tiwba fel Twm," meddai Dad yn frysiog.

"Nag oes, wir!" chwarddodd Mam.

Yn nerfus. "Beth am y triongl? Meddylia'r hwyl a sbri gelet ti'n tincial y triongl."

"Ar fy mhen-blwydd…"

"Mae dy ben-blwydd di wedi bod…"

Doedd hynny ddim yn wir, meddyliodd Nel. Gallai hi ddathlu ei phen-blwydd UNRHYW ddiwrnod o'r flwyddyn. Roedd hi wedi gwneud hynny o'r blaen… ac fe fyddai hi'n gwneud hynny eto…

"Nadolig 'te."

"Wel, mae dy restr Nadolig di yn go hir yn barod o dy nabod di. Meddylia am blant eraill, Nel fach…"

Roedd Nel wedi meddwl am blant eraill. Fe allen nhw gael yr HEN deganau roedd hi wedi laru arnyn nhw.

Dychmygodd Nel ei hun…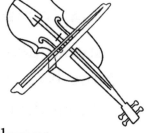

Yn ffidlan gyda'r ffidil…

Yn drybowndian ar y drwm…

Fe fyddai hi'n cael offeryn hyd yn oed yn fwy na Twm â'i diwba twp. Fe fyddai hi'n cael bas dwbwl anferthol y byddai hi'n cael trafferth ei gario.

"A dim bas dwbwl," torrodd Dad ar draws ei breuddwyd swynol. "Achos dwi ddim yn ei gario fe i ti."

"A dwi eisie clywed fy hun yn meddwl." Byseddodd Mam ei llyfr coginio. Roedd hi'n treulio mwy o amser yn bodio'r llyfr nag oedd hi'n coginio!

"Fe ges i ganmoliaeth uchel gan Mrs Copi yn y gwersi ffidil."

"Do fe? Wel… da iawn." Roedd canmol Nel fel cnoi ar daffi Noswyl Nadolig.

Cododd Dad ei ben o'i iPad. (Roedd e'n chwilio am ateb i'w gwestiwn – am faint mae berwi brocoli?)

"Fe ddwedodd hi 'mod i'n gallu gwneud 'tipyn o sŵn' ar y ffidil."

Cyffyrddodd Mam ei phen yn boenus. Oedd meigryn yn dechrau? meddyliodd wrth gofio sŵn ffidil Nel. Trodd y dudalen a phori dros y ryseitiau Nadolig. 'Tryffls siocled'. Gallai wneud tryffls siocled. (Petai hi'n dechrau nawr, efallai y bydden nhw'n barod erbyn Nadolig.)

Roedd Nel yn benderfynol o chwarae offeryn. Roedd wedi trio tiwba Twm o'r blaen – pan oedd Twm mewn ymarfer hoci.

Chwythodd yr offeryn lletchwith
nes bod ei hwyneb yn biws fel un
Barti Blin pan oedd e'n gacwn
gynddeiriog.

Chwythodd nes ei bod hi'n methu
teimlo ei gwefusau. (Fe fyddai
hynny'n beth da heno – achos
byddai'n methu bwyta brocoli Dad.)

Chwythodd nes ei bod hi'n
teimlo'n benysgafn.

Dechreuodd Nel droi a throi fel
deilen yn y gwynt, a hithau'n dal y
tiwba o hyd.

Gallai lewygu! meddyliodd yn
gyffrous. Fe fyddai hi wrth ei bodd
yn llewygu. Fe allai fynd i wlad
Siôn Corn ym myd ei breuddwyd
a dihuno yn gynnar, gynnar iawn
ar fore dydd Nadolig. Fe allai dorri
ei record ei hun pan ddihunodd hi

am ddau o'r gloch ar fore mwyaf cyffrous y flwyddyn.

"Fe allen i gael bas dwbwl fel anrheg Nadolig petaen ni'n dathlu Nadolig heddiw."

Dychmygodd Mam Siôn Corn bach yn cario ei sach drom yn llawn teganau – yna'n gorfod llusgo bas dwbwl Nel trwy'r eira hefyd.

"Na, Nel, cariad." Cododd Mam ei llais. "Twm! Dwi ddim yn clywed y tiwba yna! Idris, dwyt ti ddim yn dal i ferwi'r brocoli yna, wyt ti?"

Yna, yn annisgwyl, chwarddodd Nel a hopian i gyfeiriad y lolfa.

Roedd yn gas gan Twm ymarfer. Y tro diwethaf iddo ymarfer fe ddigwyddodd rhywbeth rhyfedd iawn... fe drodd ei fysedd yn sleimwyrdd llachar.

Estynnodd am yr offeryn yn anfodlon.

Estynnodd Mister Fflwff am ei ffonau clust.

Estynnodd Nel gadair, fel petai'n paratoi i wylio rhyw sioe fawr. Roedd yn wên o glust i glust.

Well i mi jecio'r falfiau cyn i fi ddechrau eu gwasgu, meddyliodd Twm.

Dechreuodd Nel chwerthin, a bu'n rhaid iddi groesi ei choesau – rhag ofn…

"Dwyt ti ddim wedi gwneud dim byd i'r falfiau, wyt ti Nel?"

"Naddo," gwenodd ei chwaer bryfoclyd a smicio ei hamrannau fel gwe pry cop yn crynu mewn awel.

Pffff! Daeth sŵn aflafar o'r tiwba.

"Fe allen i chwarae'n well na

hynna. Mam! Dad! Ga i chwarae'r tiwba?" holodd Nel fel Ffrans o Wlad Awstria yn iodlan ar fynydd mawr.

Roedd Twm yn binc fel gwm cnoi
… fel car Barbie
… fel anifail newydd ei eni.

"Beth yn y byd sy'n bod ar y tiwba yma?" gofynnodd.

Dechreuodd Nel biffian chwerthin. Datblygodd y piffian yn giglan… a'r giglan yn weiddi. Swniai fel hyena oedd wedi bod yn sugno ar nwy chwerthin.

Trodd Twm y tiwba fel ei fod yn syllu i mewn i'r geg fawr aur. Roedd rhywbeth gwyn-felyn yn ei ganol. Sylweddolodd Twm beth oedd wedi digwydd. Gwgodd yn grac.

"Pam yn y byd fyddet ti'n mynd i fy nghwpwrdd dillad i… agor y

drôr dillad isaf… a mynd â phâr
o drôns…? A hynny er mwyn eu
stwffio nhw mewn i geg y tiwba
yma?"

Chwarddodd Nel yn afreolus.

"Dim yn dy ddrôr dillad di fues i…
Fues i yn y BIN dillad brwnt!"

"O, ych! Mae'r trôns yn drewi
o fan hyn i lori Mansel Davies!
Drewdod dieflig…"

"Dy ddrewdod di!"

Teimlodd Nel y tamaid bach
lleiaf o bi-pi yn gwlychu ei throwsus
ysgol…

"Nel…? Ble ti'n mynd, Nel?!"

Gwibiodd seren wib o'r lolfa.
Sgrialodd Mister Fflwff.

"Tŷ bach!" gwaeddodd Nel.

Pennod 2

"Dwi'n ca-a-anu ar *Câ-â-ân i
    Gymru.*
Dwi'n wych, fi fydd yn trechu.
FI sydd â'r gâ-â-ân o-re.
Man-a-man-a-mwnci i'r lleill fynd
    adre."

"Beth WYT ti'n neud, Nel?"
"Os na cha i fod yn y gerddorfa
– achos eich bod chi i GYD yn rhy
gas – dwi'n mynd i ddefnyddio fy
nhalent cerddorol mewn maes arall."
Roedd waw ffactor gan y
gystadleuaeth yn y stafell chwarae.
Sali Mali oedd Simon Cawl.
Y Dewin Dwl oedd Louis Gymro.
Mister Fflwff oedd Nicole Shhh!
Ted-ted oedd Sharon Os – roedd

Ted-ted wedi cael 'gwaith' ar ei wyneb hefyd pan gollodd un llygad mewn gêm o Doctor Nel un pnawn glawog ym mis Medi.

Roedd y beirniaid yn unfrydol. Roedd Nel MOOOOR dda roedd hi drwodd i'r rowndiau byw ar S4C yn syth fel rocet.

"Sdim rhaid i ti gyfansoddi'r gân dy hun, ti'n gwybod." Safai Twm wrth ddrws y stafell yn cuddio o dan big ei het bêl-fasged. Tynnodd ei ffonau clust am damaid bach i wrando ar y bloeddio gwallgo.

"Beth yw cyfansoddi?" Stopiodd Nel chwarae'r piano tegan.

"Ysgrifennu caneuon. Mae ambell un yn filiwnydd achos eu bod nhw wedi ysgrifennu'r caneuon eu hunain. Gofyn i Gari Whilber…

Roedd e yn y grŵp o fois enwocaf erioed – 'Hwda' oedd eu henw nhw."

Miliwnydd. Fe allai Nel brynu cerddorfa gyfan. (Ac fe fyddai digon ar ôl i'w roi i achos da. Fe fyddai Siôn Corn yn dod â MWY o anrhegion i ferch sydd wedi rhoi i achos da.)

Hyd yn oed mwy o reswm i wneud popeth ei hun 'te.

"Hunangyfansoddiad yw fy nghân i," cyhoeddodd Nel amser te.

Hunangyfansoddiad. Roedd wedi chwilio am y gair yn y geiriadur. Roedd y gair yn hir fel y neidr yna welodd Nel yn Www! – Y Sw Anifeiliaid! (Cafodd amser anifail-

tastig gyda chreaduriaid y sw. Fe
fyddai SAWL anifail yn dda yn y
gerddorfa, roedd hi'n siŵr.

Gorila ar y gitâr.

Teigr ar y trombôn.

Fflamingo ar y ffliwt.)

"Gawn ni fynd 'nôl i'r sw,
Mam?"

"O ble ym myd dy
ddychymyg di y daeth y
syniad hynna, Nel?" gofynnodd
Mam gan estyn torth gnau yr oedd
hi'n ei threialu cyn Nadolig. Roedd
Dad yn y gwaith o hyd.

"Dwi'n mynd i wneud POB
PETH… Canu… Chwarae'r
piano… Cyfansoddi… Ac yna fe
fydda i'n gallu cadw'r arian I GYD
i fi fy hun. Deg mil o bunnoedd – a
thrip i Iwerddon."

"Paid brysio adref," meddai Twm.

"Falle gei di anrheg yn ôl o Iwerddon… Melltith Celtaidd."

Cân i Gymru ar S4C. Cofiai Mam y tro diwethaf roedd Nel ar S4C – pan gafodd hi sgrech yr ieir.

"Na, Nel!" bloeddiodd Mam. "Fe ddaw dy gyfle di eto."

Daeth Dad trwy'r drws.

"Torth gnau?" gofynnodd Mam.

"Dwi'n iawn am y tro," atebodd Dad. Roedd oglau byrger arno.

"Mae Nel eisie bod ar *Cân i Gymru*," meddai Mam yn ddi-hwyl.

"Beth am drio diddordeb gwahanol, Nel? Ehangu dy orwelion. Beth am goginio?"

"Wel, dyna syniad, Dad,"

meddai Mam yn siarp ac estyn darn mawr o dorth gnau iddo.

"Syniad da-da-da!" bloeddiodd Nel yn gyffrous. "Mae dau yn well nag un yn y gegin, Mam. Ti a fi. Byddwn ni'n barod am y Nadolig chwap!"

"Clywch lu'r nef..."
    Doedd Mam ddim ar *Cân i Gymru*, ond roedd hi'n mwynhau canu wrth dorri tomatos yn barod ar gyfer y tsiytni tsili. Anrheg Nadolig arbennig! Edrychai ymlaen at weld yr olwg syn ar wyneb pobol wrth dderbyn y tsiytni tsili cartref.
    Roedd Nel wrth ei bodd yn helpu.

Rhoddai'r stwnsh tomatos
yn y sosban fawr ddau
lond llaw ar y tro.

"Ti wedi golchi dy
ddwylo wyt ti, Nel fach?"

"Ydw," meddai Nel gan siffrwd
ei hamrannau fel baner yn yr awyr
agored.

Trodd Mam ei sylw at y sosban.

"Tamaid bach o halen. Tamaid
bach o bupur. Tamaid bach o tsili."

Canodd cloch y drws a rhuthrodd
Mam i'w ateb. Roedd rhai pobol
yn dal i anfon cardiau Nadolig
drwy'r post ac roedd Mam Nel yn
mwynhau eu derbyn.

Tsiytni tsili. Fe fyddai'n flasus iawn,
roedd Nel yn siŵr o hynny. Ac fe
fyddai hyd yn oed yn fwy blasus
petai MWY o flas arno.

"Tamaid bach o halen. Tamaid bach o bupur. A LOT o tsili," chwarddodd Nel fel Siôn Corn ar fore Nadolig.

"Ydy e'n RHY flasus?" gofynnodd Mam yn betrus.

Estynnodd lond llwy de o'r tsiytni i Dad ei drio.

"Mae e'n flasus IAWN," meddai Dad gan ruthro at y tap ac yfed gwydraid mawr o ddŵr ar ei ben.

"Paid poeni, Mam," cysurodd Nel hi. "Fe allet ti wneud yr un peth â llynedd. Prynu tsiytni yn Little a rhoi label 'Cartref' arno fe."

Pennod 3

Roedd Nel yn edrych ymlaen i'r gyngerdd – er na fyddai hi'n rhan o'r gerddorfa.

"Rhaid i ti gael offeryn i fod mewn cerddorfa, Nel," meddai Mrs Siarp wrthi'n siarp.

"Dwi'n mynd i wneud 'swper arbennig'," cyhoeddodd wrth y teulu.

"Swper arbennig? Arbennig!" meddai Dad.

"Mae Mam yn dysgu popeth am goginio i fi cyn Nadolig," esboniodd Nel gan estyn dwy sosban a'u taro yn erbyn ei gilydd.

Estynnodd Mam am y sosbenni. "Beth am ddechrau gyda brechdanau?" gofynnodd.

(Wel, beth allai fynd o'i le?

gofynnodd Mam iddi hi ei hun.
Fyddai ddim angen y popty ar Nel.
A gallai guddio'r gyllell finiog.)

Mister Fflwff oedd y cyntaf i eistedd
wrth y bwrdd. Snwffiodd
yr awyr yn amheus a
phenderfynu ei fod yn
llawn.

Roedd Mam yn y gegin.
Am annibendod! Menyn ar y
llawr. Caws ar y to.

Rhoddodd Nel y brechdanau ar y
bwrdd.

"Maen nhw'n edrych yn…"
Ceisiodd Dad ddisgrifio'r hyn
oedd o'i flaen. Darnau o fara blith
draphlith… darnau caws o bob

siâp… lympiau o fenyn… a beth oedd y peth coch yna? Dim gwaed gobeithio…

"Pob bys 'da ti o hyd, oes e Nel?" chwarddodd yn nerfus.

"Dwi'n llawn," llygadodd Twm y cawl potsh.

"Dere nawr, Twm. Noson fawr o dy flaen," meddai Dad.

"Betia i ti alli di ddim bwyta DWY frechdan yr un pryd," meddai Nel.

"Faint?"

"Deg punt."

"Ugain punt, ac fe fwyta i BEDAIR brechdan yr un pryd."

Roedd y brechdanau yn ei geg mewn clec cracer.

Bwytaodd Twm yn awchus.

Yna, cochodd. Roedd ei dafod ar

dân… Ei geg yn berwi… Ei wddf yn rhostio fel cnau uwch fflamau noeth.

"Brechdanau beth sy ganddon ni heno, 'te Nel?" ceisiodd Dad swnio'n frwd.

"Brechdanau caws a tsiytni tsili Mam!" Gwenodd Nel yn wresog.

Tagodd Twm ar ei frechdan. Poerodd hi allan yn un lwmp soeglyd.

"Ych a fi, Twm!" gwaeddodd Mam wrth iddi gyrraedd y bwrdd.

"Esgusodwch fi," rhuthrodd Nel i rywle. "Gyda llaw, Twm. Sdim arian 'da fi. Bydd rhaid i ti ofyn i Mam a Dad."

Epilog

Ond fedrai Twm ddim gofyn dim byd i neb.

Eisteddai'n dawel ar y llwyfan. Roedd ei wefusau wedi chwyddo fel bochau babŵn. Ceisiodd ei orau i gadw ei gynddaredd o dan ei het am yr hanner awr nesaf. Hanner awr heb y tiwba. Hanner awr yn tincial y triongl.

Ac yn y gynulleidfa…

"Fe ddaeth fy nghyfle," sibrydodd Nel a chodi ar ei thraed.

Edrychodd Mam a Dad ar ei gilydd yn ddiddeall. Roedd Nel wedi diflannu cyn iddyn nhw allu gofyn iddi ble roedd hi'n mynd.

"Ond dwyt ti ddim wedi cribo dy wallt!" gwaeddodd Mam ar ei hôl.

Ond doedd y ferch â'r das wair ar ei phen yn gwrando dim.

Shifflodd Nel tuag at ei sedd ar y llwyfan, gan wthio a chicio gweddill y gerddorfa o'r ffordd. Llwyddodd i ddal y tiwba y ffordd iawn. Roedd hi wedi ymarfer unwaith o'r blaen.

"Ers pryd wyt ti yn y gerddorfa?" gofynnodd Cai Cwestiwn.

"Gofynnais i i Mrs Siarp," atebodd Nel.

"Ac fe gytunodd hi?" oedd cwestiwn Cai.

"Wel, ddwedodd hi ddim, 'Na, Nel!'"

Mewn gwirionedd, ddywedodd hi ddim llawer o gwbwl. Fedrai hi ddim dweud rhyw lawer ers derbyn yr anrheg gan chwaer Twm. Doedd hi ddim yn rhy siomedig i golli Twm ar y tiwba heno. Roedd hi'n noson bwysig. Roedd y rhieni i gyd yn y gynulleidfa. Roedd y Pennaeth yn barod i ddechrau'r noson. Ac roedd Mrs Siarp yn amau faint roedd Twm yn ymarfer mewn gwirionedd.

"Tsiytni cartref," meddai'r athrawes wrth dderbyn y potyn bach. Roedd hi wrth ei bodd ac yn methu peidio â thrio rhyw damaid bach ar flaen ei bys…

"Pam na ddwedodd yr arweinydd 'Na, Nel'?" gofynnodd Mam wrth Dad yn y gynulleidfa.

"Dwi ddim yn meddwl ei bod hi'n gallu siarad ar hyn o bryd." Roedd Dad yn chwysu yn ei siwmper Nadolig.

"Pam? Mae'n ddigon siarp fel arfer."

Nodiodd Dad ei ben. "Mae wedi cael un o frechdanau Nel."

Roedd Nel ar ben ei digon wrth i'r noson gychwyn. Fe fyddai'n ymuno â'i ffrindiau…

Cai Cwestiwn ar y drymiau, yn ateb un bwm gyda bwm arall…

Dyta Dawel yn mwynhau gwneud twrw ar y tamborîn…

Barti a'i wyneb yn gochach nag arfer wrth iddo chwythu i mewn i'r trwmped…

A Nel yn cadw pawb yn dawel gyda'r tsiytni tsili. "Mae fy ngwefusau i ar dân!" clywodd un yn sibrwd. Cŵl! meddyliodd. Bron nad oedd hi eisiau ei drio ei hun. Ond roedd yn rhaid iddi fod ar ei gorau ar gyfer ei pherfformiad mawr. Fe allen nhw glywed llygoden yn torri gwynt wrth aros am y gân gyntaf – ffefryn y Nadolig.

Chwythodd Nel yn galed – a saethodd pâr o sanau drewllyd Twm trwy'r awyr a glanio ar sbectol Mrs Siarp.

Stopiodd y gerddorfa.

Pawb ond un.

Tawodd 'Tawel Nos'.

Chwarddodd Nel yn uchel. Yna chwythodd i mewn i'r tiwba a llwyddo i daro nodyn annymunol iawn.

Pŵŵŵŵp!

Shhh – Siôn Corn!

Pennod 1

"Ydy'r jam siocled wedi gorffen yn barod?"

Cleciai Twm y tuniau a'r poteli yn y gegin. Ond doedd dim sôn am ei hoff beth i lenwi brechdan.

"Mae digon o farmalêd yno," atebodd Dad yn ddiamynedd a throi ei sylw at Mam. "Roedd Miss Morgan eisiau gair gyda fi heno…"

"Beth nawr?" ochneidiodd Mam a chau ei laptop gyda bang.

Clywodd Nel sŵn traed yn dod lan staer a daeth wyneb yn wyneb â Dad wrth ddrws ei stafell.

"Nel, wnest ti dy waith cartref –
'Ble Yn Y Byd Ydw I'?"

"Do, roedd Miss Morgan WRTH
ei bodd."

"Methu credu ei llygaid?"

"Roedd e MOR dda!"

"Da iawn, oedd. ARBENNIG o
dda."

Gwenodd Nel yn falch a throi
rownd a rownd fel cerbyd ar y
Waltzers yn y ffair.

"Nel, wnest ti fenthyg hen waith
cartref Twm ac esgus mai dy waith
DI oedd e?"

"Naddo." Roedd y cerbyd yn dal i
droi yn ddireolaeth.

"Ac wyt ti'n dweud celwydd wrth
Dad nawr?"

"Na…" Dechreuodd Nel deimlo'n
chwil. Stopiodd.

"Nel, beth yw'r poer brown yna sy'n dod mas o dy geg di?"

Taenodd Nel ei bys ar hyd ei gwefusau. Yna sugnodd bob bys yn ei dro, yn eiddgar. "Dim byd," atebodd.

Roedd Dad wedi cael llond bol.

Roedd Nel wedi cael llond bol hefyd… llond bol melys.

Camodd Dad heibio Nel ac i mewn i'r stafell wely. Roedd e'n amau bod ei ferch fach ddrygionus wedi dwyn y jam siocled, a mynd ag ef i'w stafell wely i'w fwyta yn dawel bach – wel, ei larpio'n swnllyd, o nabod Nel.

Chafodd Dad mo'i siomi. Roedd streipiau priddlyd ar hyd wynebau Ted-ted a Sali Mali, a gwisgai Mister Fflwff esgidiau budr brown am ei bawennau. Roedd yr esgidiau wedi gwneud stremps siwgr ar hyd y carped, ar y dillad gwely, ar y wal… a beth oedd y marciau coffi yna ar y nenfwd? Ro'n nhw'n dywyll fel piano Mr Bois.

"Beth ar y ddaear wyt ti wedi ei wneud, Nel?"

"Gwaith pwysig. Mae fy ffrindiau wedi bod yn gwneud prawf blasu. Maen nhw'n cytuno â fi – mae jam siocled yn LLAWER mwy blasus na hen farmalêd neu fêl iach, ych pych."

"Na, Nel," meddai Dad o dan ei anadl.

Drybowndiodd Dad i lawr y staer. Go brin y byddai 'aros yn ei stafell' yn fawr o gosb i Nel. Fyddai ddim llawer o awydd bwyd arni ar ôl stwffio'r siocled yna i'w cheg farus. Ac roedd ganddi ateb i bopeth!

(Roedd hi'n cael hynny gan ei mam.) Fyddai ddim taten felys o ots ganddi golli swper iach arall gan Mam.

"DIM anrhegion Nadolig i blant bach drwg!" poerodd Dad wrth ei wraig a Twm. "Rheol aur Siôn Corn. Dim ond plant DA sy'n cael anrhegion."

Tu allan i ddrws y gegin, clywodd Nel bob gair. Taniodd ei hwyneb mor goch â bochau fflamgoch Barti Blin… mor goch â gwisg y dyn ei hun.

Pennod 2

Yn ei stafell wely roedd Nel yn
cerdded yn ôl ac ymlaen…

"Dim anrhegion Nadolig i fi? Dwi
ddim yn deall!"

Roedd hi'n hollol naturiol edrych
ymlaen at gael anrhegion amser
Nadolig – a'u rhoi nhw hefyd, sbo.
Roedd derbyn – a rhoi – anrhegion
yn draddodiad ers Oes y Cerrig
Newydd. Roedd Nel wedi galw
cyfarfod BRYS, ac ar ôl nodi
absenoldeb y diweddar Plop (y seren
ddisgleiriaf yn y nef) roedd wedi
gofyn i bawb gynnig syniadau.

Dim anrhegion ar fore Nadolig?
Roedd hwn yn ARGYFWNG
ARGYFYNGUS. Roedd pob aelod
o'r pwyllgor yn rhydd i gynnig

syniadau… Dyna wnaeth
Ted-ted, Sali Mali a
Mister Fflwff, y Dewin
Dwl a Liwsi y ddoli
ungoes… dim ots pa
mor ddwl dwlali oedd y
syniadau hynny… Wel, dyna
beth roedd y prif weinidog go iawn
yn ei wneud weithiau – ac roedd
hi'n cael ei thalu am ei ffwlbri.

"Pam gwneud eich gwaith cartref
eich hun… pan mae eich brawd
WEDI ei wneud yn barod? Does dim
angen CREU gwaith, nag oes?"

Estynnodd Nel am ddarn o bapur
a phensel. Roedd hi'n mynd i lunio
rhestr. Oedd e'n wir? Oedd e'n wir
bod Siôn Corn yn clustfeinio o hyd?
Yn gwrando ar freuddwydion? Yn
clywed lleisiau llygod bach? Os felly,

roedd angen rhestr hir o bethau y byddai'n rhaid i Nel eu gwneud i sicrhau ei bod hi'n cael anrhegion eleni.

Gofynnodd i'w ffrindiau am syniadau ac yna dechreuodd eu nodi ar y papur:

Rhestr Frys – Nel Merch Dda   Nel!

🎁 Trio bod yn dda. (Mmm. Sut? Nodyn i holi Mair Mwyn am syniadau.)

🎁 Gwrando ar Dad a Mam.

🎁 Gwisgo dillad ysgol heb unrhyw ffys.

🎁 Brwsio gwallt... a dannedd... gyda brws... a phast dannedd... ond dim past yn y gwallt y tro hwn.

🎁 Golchi dwylo... gyda sebon, a dweud ta-ta wrth yr ych pychs gwych.

Ochneidiodd Nel. Teimlai'n ddigalon iawn. Faint oedd i fynd tan ddydd Nadolig? Dyna'r unig gysur. Fe allai dorri'r rhestr 'Nel Merch Dda' yn ddarnau mân ar Ragfyr y 25ain.

Roedd Dad yn ffys ac yn ffwdan ac yn fagiau i gyd pan ddaeth trwy'r drws bnawn Sadwrn. Roedd mewn hwyliau da ac wedi maddau i'w ferch fach ddrygionus.

"Dyfalwch pwy sy'n dod i'r dref penwythnos nesaf?… Siôn Corn! Ydy, chwarae teg i'r hen foi, mae e'n cymryd hoe fach o'r holl halibalŵ i ddod yr HOLL ffordd i siop Little…"

"Ydy e, Dad? Ydy Siôn Corn yn dod fan hyn i weld FI?" Safodd Nel ar ben y gadair lle bu'n creu murlun MAWR gyda glud a llwch llachar.

"A phlant eraill, dwi'n siŵr."

"Mae SC yn dod i weld FI, FI, FI!"

Neidiodd Nel oddi ar y gadair a
sgrialu i gyfeiriad y staer, fel cath i
gythraul. Roedd hi'n methu AROS i
dorri'r newydd i weddill y giang!

"Mae ganddi ateb i bopeth,"
meddai Dad.

Mae hi'n cael hynny gan ei thad,
meddyliodd Mam.

Roedd Nel yn aros am ei ffrindiau
ar yr iard fore Llun. Roedd ganddi
newyddion cyffrous iddyn nhw. Er ei
bod hi'n WYCH am gadw cyfrinach
fel arfer… roedd hi'n methu'n deg ag
aros i dorri'r newydd hwn.

"Ydych chi'n gallu cadw cyfrinach?"
gofynnodd Nel.

"Ydyn." Roedd y giang bach yn
frwd.

Teimlai Nel yn falch iawn ei bod hi'n gallu cadw cyfrinach. Roedd hi wedi cadw hon ers canrifoedd. Wel, ers pnawn Sadwrn ta beth.

"Dwi'n mynd i weld Siôn Corn penwythnos nesaf. Felly, os oes ganddoch chi RYWBETH i'w ddweud wrtho fe... wel, gallwch chi ddweud wrtha i ac fe wna i basio'r neges ymlaen."

"Www, ieeeeeee! Cyffrous!" Cododd Dyta Dawel ei llais rhyw damaid.

"Mae'n dod o bell. Mae'n byw 1176.5 milltir i ffwrdd yng Ngwlad yr Iâ ddarllenais i." Roedd Lliwen Llyfrau yn llawn gwybodaeth.

"Ble fydd e 'te?" Cwestiwn Cai oedd hwn.

"Hoffwn i ei weld e fy hunan,

diolch yn fawr." Cododd Barti Blin
ei ddyrnau a dechrau paffio'r awyr
iach.

Meddyliodd Nel am funud.
"Cyfrinach," gwenodd fel cath mewn
haul.

Gwyddai Nel fod sawl rheol wrth
drafod cyfrinachau. Roedd hi wedi
dysgu hynny wrth wrando ar ei
rhieni yn trafod pethau. Oeddech
chi i fod i rannu cyfrinachau? Nag
oeddech... Doeddech chi ddim i
fod i ddweud wrth Miss Morgan
nad oedd Mam yn hoffi ei gwallt
yn felyn... na dweud wrth Mam-gu
nad oedd arian ar ôl yn y banc mis
yma... Ond, roedd hi'n dibynnu ar
faint y gyfrinach: cyfrinach fach neu
gyfrinach fawr?

"Cyfrinach? Sut wyt ti'n gwybod

ble mae e 'te?" gofynnodd Barti Blin.

"Achos mae un o fy ffrindiau gorau i yn FfG i Siôn Corn."

(Roedd Bogel ac SC yn FfGs ers eu bod yn fechgyn bach drwg-da.)

"Pff," pwffiodd Barti. "O'n i'n meddwl mai Mair Mwyn oedd dy FfG di."

Edrychodd Mair ar Nel, ei llygaid yn llawn gobaith.

"Mair yw fy FfG i... Fy FfG arall i yw hwn – Bogel y corrach boliog ddaeth i 'mywyd i un diwrnod. Ta-daaaaa! Roedd e'n arfer gweithio gyda Siôn Corn."

"Pacio bocsys yn y ffatri," meddai Barti.

"Na, rheoli ar y cyd," atebodd Nel. "Dwyt ti ddim yn deall DIM am fyd busnes Siôn Corn."

Roedd Nel yn deall y cwbwl lot.

Chwarae teg i'r hen ddyn barfog, roedd e'n cynnig gwasanaeth ARBENNIG ar adeg ARBENNIG o'r flwyddyn. Os na fyddai plentyn yn cael yr anrheg roedd e eisiau… wel, byddai'n cael siom ENFAWR. Roedd hynny'n gyfrifoldeb mawr i hen ddyn. Gormod o gyfrifoldeb. Dyna pam mai MENYW oedd yn rhedeg y busnes Nadolig.

"Fyddai ddim Nadolig i gael heb fenywod," esboniodd Nel wrth y criw bach. "Pennaeth y cwmni yw Siân Corn. Hi yw'r bòs. Siôn Corn yw wyneb y cwmni. Y brand. Ond Siân sy'n rhedeg y cwmni. Hi sy'n gwneud y gwaith meddwl."

Dechreuodd Nel chwerthin, a chwerthin, a chwerthin wrth

ddychmygu wyneb Barti Blin yn
gweld ei sach anrhegion yn wag ar
fore Nadolig. Byddai ei wyneb mor
goch â jeli llugaeron…

… mor goch â thrwyn Rwdolff
pan mae ganddo annwyd…

… mor goch â minlliw
Mam-gu pan mae'n mynd
i ginio Nadolig Merched y
Wawr.

Yn sydyn, calliodd hi. Plop!
Roedd syniad wedi glanio yn
ei phen. Y syniad gorau erioed.

Wrth y pegiau, ciciodd Nel y bagiau
oedd ar lawr allan o'r ffordd. Ai bag
Barti oedd hwnna? Rhoddodd gic
arall iddo. Yna stopiodd. Beth petai

Siôn Corn yn gwylio? Neu'n waeth? Siân Corn! Gwaeddodd ar dop ei llais.

"Dewch yn llu! Dewch yn llu! Rhowch eich rhestrau i gyd i fi!"

Doedd Nel ddim yn gallu siarad â Plop nawr. Ond roedd hi'n anfon ambell neges ato yn ei gartref newydd yn y nefoedd – ar ffurf gweddi, neu neges destun. Roedd Plop yn y nefoedd yn anfon ambell neges at Nel hefyd. Ac roedd wedi anfon y neges hon drwy ddirgel ffyrdd. Roedd Plop wedi rhannu'r gyfrinach â Ted-ted.

A Ted-ted wedi dweud wrth Sali Mali.

A Sali Mali wedi dweud wrth Mister Fflwff.

A Mister Fflwff wedi dweud wrth Nel.

Nawr, roedd Nel bron â ffrwydro yn bishys bach! Oedd, roedd hi'n YSU eisiau dweud y gyfrinach fawr wrth rywun.

Roedd hwn yn syniad gwych… y syniad gorau roedd hi wedi ei gael erioed. Rhyfedd nad oedd neb wedi meddwl am y syniad hwn ynghynt.

Roedd hi'n mynd i gynnig gwasanaeth arbennig – helpu plant eraill… Oedd, roedd HI, Nel, yn mynd i helpu plant eraill… Dim ond plant DA oedd yn helpu eraill.

Gwaeddodd y syniad yn uchel – i wneud yn siŵr bod SC yn clywed.

Roedd hi'n casglu rhestrau Nadolig plant.

Dim trip i'r swyddfa bost.

Dim stamp.

Roedd e'n arbed LOT o waith i blant a'u rhieni!

Byddai'n rhoi'r rhestrau yn SYTH yn llaw Siôn Corn. (A rhestr Nel fyddai ar y top.)

Wel, petai ganddi ddigon o restrau byddai'n RHAID i'r dyn pwysig ei gweld hi. Ac fe fyddai MWY o anrhegion i ferch dda.

Roedd y newyddion wedi lledaenu o un i'r llall – fel parsel mewn gêm o basio'r parsel. Ond wrth i'r 'parsel' newyddion hwn fynd o un i'r llall, roedd rhywbeth rhyfedd iawn wedi digwydd iddo. Roedd wedi TYFU...

"Fe fydd SC y tu fas i siop Little dydd Sadwrn..." meddai Nel, ond fe ledaenodd y newyddion fel tân.

Fe fydd Siôn Corn yn derbyn rhestrau Nadolig...

... dyma'r UNIG gyfle i roi eich rhestr yn llaw SC...

… fe fydd Rwdolff yno, er ei fod yn swp o annwyd…

… a'r Fari Lwyd, er nad yw hi'n Galan…

… fe fydd SC yn rhannu yr anrhegion mawr i gyd yn gynnar – i arbed ei gefn…

… fe fydd yn cyrraedd yno ar sled sy'n gallu hedfan. Mae Siân C wedi siarad gyda'r angylion sy'n rheoli'r awyr ac maen nhw'n hapus iawn i drefnu hynny…

… AC – a hon oedd y gyfrinach olaf orau yr oedd un yn dweud wrth y llall, a'r llall yn addo peidio â'i lledaenu…

"Wyt ti wedi clywed y newyddion?" Cai ofynnodd y cwestiwn i Nel yn yr ymarfer hoci.

"Bydd SC tu fas i Little. Ie, ie. Fi ddwedodd wrthot ti."

"Hen newyddion. Wyt ti wedi clywed y newyddion newydd?" holodd Cai.

"Mae'n werth ei glywed." Gwenodd Barti ar Nel.

Teimlodd Nel ei stumog yn troi fel petai'n bêl hoci yn cael hergwd trwy'r aer.

Sibrydodd Dyta Dawel, "Mae'n addo eira."

Siôn Corn… a Rwdolff… ac anrhegion mawr… a sled oedd yn hedfan… AC eira… Croesodd Nel ei llygaid cris-croes. Roedd un broblem FAWR. Sut roedd hi'n mynd i wireddu'r pethau hyn?

Pennod 3

Daeth y diwrnod mawr. Nid
Rhagfyr y 25ain, ond y llall. Yr un
roedd Nel yn ei drefnu y tu allan i
siop Little. Roedd bola Nel yn troi
fel meddwl prysur. Ochr arall y
drws fe allai weld neidr hir o blant.
Roedd pen y neidr yn gyfarwydd –
Cai Cwestiwn, Lliwen Llyfrau, Dyta
Dawel, Mair Mwyn, Gwern Gwybod
Popeth a Barti Blin.

"Dere, Siôn Corn, mae'n amser…
Ahem, 'Siôn Corn'?"

Gwthiodd Mister Fflwff y dyn yn y
siwt goch yn ysgafn.

"O, sori, cariad. Ti'n siarad â fi?
O'n i bant 'da'r cart ym myd y
tylwyth teg. Odw i'n edrych yn
ocê yn y siwt 'ma? Smo fy mola i'n
edrych yn, ti'mod…?"

"Nagyw, Bogel. Mae dy fola di'n edrych yr un seis ag arfer. Ocê? A dim Bogel yw dy enw di heddiw, cofio? Siôn Corn."

"Ie, ie. Wrth gwrs, Siôn Corn. Sdim eisie i ti boeni taten rost. Bydda i'n iawn, fi a 'Rwdolff' fan hyn – ontefe Mister Fflwff?"

Nodiodd y gath fach flewog gystal ag y gallai gyda'r cyrn carw ar ei phen, y sgarff fawr o gwmpas ei gwddf a'r trwyn coch Comic Relief ar ei thrwyn – er mwyn smalio bod Rwdolff yn swp o annwyd.

"Ac os bydd pobol yn holi am y sled – beth dwi'n ei weud 'to?" gofynnodd Bogel y tu ôl i'r farf wen.

"Dweda mai dim ond plant ARBENNIG o dda oedd yn gweld y sled yn hedfan i Little ben bore.

Gwell lwc blwyddyn nesaf… A dim torri gwynt!"

"Chwarae teg i'r siop am roi losin i ni roi i'r plant, ontefe? Roedd rhaid i ni roi rhywbeth iddyn nhw sbo, Nel – neu bydde reiots!"

Dechreuodd Bogel chwerthin. Roedd ei chwerthiniad dipyn yn uwch na ho, ho, ho yr hen ddyn go iawn.

"'Na ti, blodyn. Dwi'n siŵr gei di'r DVD am gorynnod os byddi di'n fachgen da a ddim yn bwrw dy ffrindie, a giamocs fel'ny."

"Dwi ddim yn flodyn."
Aeth wyneb Barti'n goch fel bochau Siôn Corn.

"Atishw," meddai Mister Fflwff.

"Gwellhad buan, Rwdolff,"
poerodd Barti.

"Mmm, siocled," meddai Mair
Mwyn wrth dderbyn ei hanrheg oddi
wrth Siôn Corn.

"Mae siocled yn well na dim, sbo,"
atebodd Barti.

"Ta-ta, Barti!" meddai Nel a throi
at y neidr blant.

Roedd Barti'n styfnig. "Dwi ddim
yn mynd adref. Dwi'n aros i weld yr
eira."

Rhewodd Nel, fel petai hi wedi
teimlo plu ar ei phen. Pe na bai
Nel wedi bod yn sefyll y tu allan
i siop fe fyddai ar ben arni hi a'i
chyfrinachau.

"Barti! Ble wyt ti?" bloeddiodd
Nel. Roedd ganddi lond bag o
ddanteithion i'w ffrind.

"Beth mae honna eisie nawr?" gofynnodd Barti i Cai Cwestiwn a Lliwen Llyfrau a gweddill y plant y tu ôl iddo.

"Ha, ha!"

Clywodd Barti sŵn sisial, yna gwelodd rywbeth gwlyb yn tasgu tuag ato. Edrychai'n debyg iawn i hufen chwistrellu.

"Mae'n bwrw eira!" chwarddodd Nel ac estyn am fag o falws melys.

"Ga i dro?" clywodd lais.

"Dere ag un i fi, Nel!"

"Fi nesaf, Nel!"

Roedd hi'n syndod faint o fwydydd gwyn oedd mewn un archfarchnad. Meráng, madarch, garlleg, briwsion bara, bresych gwyn, reis…

Y peth nesaf, roedd hi'n powlio

bwrw eira. Ac roedd Nel yn cadw'r gorau ar gyfer ei ffrind bach blin. Gwyn wy.

"Barti, ble wyt ti?" iodlodd Nel.

Roedd cymaint o freichiau a phennau a sgarffiau a hetiau, roedd hi'n anodd gwybod beth oedd yn digwydd. Ond roedd lot o gyffro a chwerthin.

"Barti! Dal hwn!" gwaeddodd Nel, ac anelu'r wy at ei ffrind. Roedd hi'n cofio am y côr afalau. Anelu... Taflu...
Sblat! Dyna beth oedd chwerthin yn iach!

"Ho, ho – aw!"

Clywodd Nel lais yr hen ddyn a'i adnabod yn syth. Hyd yn oed yng

nghanol y stremps. Yna, gwelodd beth roedd hi wedi ei wneud. Roedd hi wedi taflu wy at Siôn Corn. Na, nid at Bogel (ei FfG) wedi ei wisgo fel SC, ond at y dyn ei hun.

Aeth ias i lawr ei hasgwrn cefn. Dyma'r diwedd! Fyddai ddim anrhegion iddi ar ôl hyn. Byth bythoedd!

"Ti mewn dŵr poeth iawn!" chwarddodd Barti.

Ond yna daeth Bogel i ganol y miri.

"Haia Siôn, 'chan. Sut wyt ti, boi, ers slawer dydd? Ti'n newid dim!"

"Bogel? Dim ti sy 'na o dan yr het a'r siwt goch yna?" gofynnodd yr hen ddyn.

"Ie, fi sy 'ma. Tribiwt act Siôn Corn, neb llai," chwarddodd Bogel.

"Ble mae'r sled 'da ti, 'te?"

"Rownd y gornel. Ti'n gwybod sut rai yw'r bobol traffig yn y dref yma."

A chwarddodd SC a derbyn hances oddi wrth Mister 'Rwdolff' Fflwff, a derbyn ymddiheuriad oddi wrth Nel, y ferch ddwl.

Epilog

Rhoddodd Nel y gorau i deipio ar
y cyfrifiadur ac eistedd yn ôl yn y
gadair. Darllenodd yn wên o glust i
glust:

Rhestr Nadolig WYCH Nel:
(SC, fyddi di erioed wedi
darllen unrhyw beth tebyg!)

Enfys.
Dolffin.
Peiriant gwneud hufen iâ... bob lliw...
a ffyn siocled... a dafnau aur.
Seren ddisglair.
Pelen eira.

Oddi wrth
Dy FfG Newydd,
NEL

73

Teimlai Nel yn fodlon iawn. Roedd hi'n mynd i gadw'r gyfrinach hon. Oedd, roedd cadw cyfrinach yn gallu bod yn boen ac yn bwysau. Ond gallai fod yn bleser hefyd, ac roedd yn dangos eich bod yn mynd yn hŷn, yn aeddfedu. Oedd, roedd Nel yn hoffi'r gair yna i'w disgrifio ei hun: 'merch aeddfed'.

Roedd SC yn WYCH am gadw cyfrinach. Gallai gadw cyfrinachau TRWY'R flwyddyn.

Doedd e ddim yn rhannu cyfrinachau plant bach gyda neb... ar wahân i'w fòs, Siân Corn... a'r corachod... a'r ceirw...

Roedd Mam yn rhannu paned o ddiod Dolig gyda'i FfG hi, Sheila

Siarad. Rhaid eu bod nhw wrth
eu boddau yng nghwmni ei gilydd
achos ro'n nhw'n chwerthin yn uchel
ac yn groch.

"Mae gen i newyddion da i ti,
Mam." Torrodd Nel fel taran trwy'r
sbort a'r sbri.

"Beth?" Stopiodd Mam chwerthin.
Chwyrnodd Sheila'n uchel.

"Mae'n amser prysur o'r flwyddyn,
on'd yw hi, Mam?"

"Ydy…" Cododd Mam ei chwpan
i'w gwefusau.

"Er mwyn gwneud pethau'n haws
i ti eleni, dwi wedi anfon fy rhestr i
yn SYTH at Siôn Corn. Felly, fydd
dim rhaid i ti boeni am DDIM BYD
nes bore Nadolig."

Poerodd Mam ei phaned dros
Sheila ei ffrind.

"Wyt ti'n siŵr mai e-bostio Siôn Corn wnaeth hi?" Bu Twm yn chwilio crombil y cyfrifiadur ers oriau.

"Ydw, ydw. Dyna ddwedodd hi. Mae'n rhaid bod y rhestr anrhegion yno yn rhywle."

"Gobeithio," meddai Dad.

"Alla i ddim dychmygu Siôn Corn ar y cyfrifiadur…" Tap-tapiodd Twm yr allweddell.

"Na, ond dwi'n siŵr bod Siân Corn yn ddeallus iawn," atebodd Mam.

"'Co fe!" Tynnodd Twm big ei het i lawr dros ei lygaid.

"Diolch byth!"

"Diolch Dolig!"

Oedodd Twm cyn cyffroi.
"O, na, Nel. Fyddwch
chi ddim yn hapus pan
welwch chi'r rhestr…"

Siaradodd Dad yn gall.
"Ydyn nhw'n anrhegion drud…?
Bydd rhaid esbonio – dim ond un
peth mawr."

"Na, dy'n nhw ddim yn ddrud.
Gwaeth na hynny. Maen nhw'n
bethau dydy pres ddim yn gallu eu
prynu."

Enfys.

Dolffin.

Peiriant gwneud hufen iâ… bob lliw…

a ffyn siocled… a dafnau aur.

Seren ddisglair.

Pelen eira.

Roedd Nel yn methu aros i agor ei hanrhegion. Roedd hi'n mynd i dorri ei record ei hun am ddihuno'n gynnar ar fore Nadolig. Ond roedd hynny'n hollol iawn! Doedd pobol ifanc ddim yn mynd i'r gwely O GWBWL slawer dydd. Ro'n nhw'n gwneud cyflaith ac addurno'r tŷ a chael LOT o hwyl. Chwarddodd Nel. Gosododd ei larwm a chau ei llygaid yn dynn. Sgleiniodd y rhifau ar y cloc bach: un eiliad wedi deuddeg.

Ie, Nel! ☒

Pennod 1

"Ffrindiau, Gymry, gyd-wladwyr,
 a ga i fenthyg eich clustiau?"
"Na, Nel, ti'n rong!"
"Na, dwi ddim."
"Wyt, mi wyt ti," meddai'r llais
blin.
"Na, dwi ddim."
Roedd Nel ar y llwyfan yn neuadd
Ysgol Pen-y-daith. Siaradai â chriw
bach o blant bywiog, gan gynnwys
Barti Blin. Roedd Mair Mwyn wrth
y drws, yn cadw llygad am Mrs Puw,
y Pennaeth – rhag ofn iddi orffen ei
phaned yn gynnar a dal Nel ble nad
oedd NEB i fod.

"Wyt, mi wyt ti, Nel. Dwyt ti ddim i fod i ofyn i bobol am eu clustiau… Ti fod i ofyn iddyn nhw WRANDO arnat ti."

"I wrando arna i?"

"Ie, i wrando arnat ti," hisiodd Barti Blin.

"Felly, dylai PAWB wrando arna i."

"Ie, ie… O'r diwedd, Nel." Roedd y corryn bach yn colli amynedd.

"Gwrando arna I – a dim arnat TI. Diolch, Barti Blin. Ti yw'r cyd-ymgeisydd gorau yn y byd! Dewch yn llu i wrando arna I, bobol. Mae hyd yn oed Barti Blin, fy nghyd-ymgeisydd, yn meddwl y dylai pobol wrando arna i."

Rhuthrodd y corryn cynddeiriog at Nel. Wrth iddo baratoi i lamu i'r llwyfan, neidiodd Nel dros ei ben. Glaniodd ar y llawr gyda chlep. Rhuthrodd allan o'r neuadd a llusgo Mair Mwyn ar ei hôl. Roedd Mrs Puw newydd orffen ei choffi cryf.

"Miss, dwi'n meddwl bod rhywun yn y neuadd." Roedd Nel allan o wynt.

"Yn y neuadd? Does NEB i fod yn y neuadd!" bloeddiodd y Pennaeth.

Rhedodd y ddwy ffrind allan i'r iard. Yno, chwarddodd Nel nes ei bod hi'n teimlo'n chwil.

Dechreuodd yr holl ddwli yn y stafell ddosbarth. Miss Morgan gafodd y syniad… Y tro hwn, roedd yn syniad eithaf da.

"Ni'n mynd i gael etholiad," meddai'r athrawes.

"Beth yw etholiad?" holodd Cai Cwestiwn.

"Wel, fel arfer, mae hyn a hyn o bobol yn sefyll – dau berson yn yr achos hwn…"

"Oes unrhyw un yn cael eistedd?" Cai ofynnodd hynny hefyd.

Roedd Nel yn fusnes i gyd: "Neu orwedd? Ydyn nhw'n gorfod cysgu ar eu traed? Does neb yn cysgu ar eu traed! Ddim hyd yn oed brodyr dwl, drewllyd!"

"Mae stlumod yn cysgu wyneb i waered." Roedd Gwern yn gwybod popeth.

"Bydden i'n lico cysgu wyneb

i waered," meddai Nel, gan ddychmygu teimlo'n benysgafn wrth i'r gwaed fynd i'w phen.

"Yn ôl at yr etholiad…" pesychodd Miss Morgan, i ddangos mai hi oedd y bòs yn y dosbarth. "Mae dau ymgeisydd. Mae un eisie rhai pethau i ddigwydd, ac mae'r llall eisie pethau eraill i ddigwydd. Maen nhw'n treulio llawer o amser yn siarad, a dadlau, ac weithiau maen nhw'n cwympo mas. Yn ffyrnig."

Daliodd ei gwynt, gan ddisgwyl i o leiaf un plentyn dorri ar ei thraws. Synnodd at y tawelwch. Mwynhaodd y mudandod. Aeth yn ei blaen:

"Yna, mae rhai pobol yn pleidleisio i un person, ac mae rhai yn pleidleisio i'r llall… Yr enillydd yw'r un gyda'r mwyaf o bleidleisiau."

Teimlai Miss Morgan yn bles â hi
ei hun. Roedd pawb wedi gwrando
yn weddol, hyd yn oed Nel.

Cafodd freuddwyd am gael
etholiad yn y dosbarth. Fe fyddai'n
ffordd dda o annog y plant i ddangos
diddordeb yn y wlad. Efallai mai
un o'r plant yma fyddai'n rheoli
Cymru rhyw ddydd. Gwenodd Miss
Morgan iddi hi ei hun. Yna daliodd
lygad Nel. Siglodd Miss Morgan ei
phen. Edrychodd ar Lliwen
Llyfrau a Gwern Gwybod
Popeth. Dyma'r cam cyntaf
i weithio yn y Cynulliad
yng Nghaerdydd i un
o'r plant... y cam cyntaf i fod yn
wleidydd... i achub Cymru...

"Nawrte, pwy fyddai'n hoffi bod

yn ymgeisydd yn yr etholiad?"
Edrychodd Miss Morgan ar Gwern a
Lliwen…

"Beth yw ymgeisydd?" gofynnodd
Lliwen.

"Fe fydd dau ymgeisydd. Bydd gan
bob un ei syniadau ei hun." Syllodd
Miss Morgan ar Gwern a Lliwen yn
ddisgwylgar.

Torrodd llais fel taran ar y
tawelwch. "Mae gen i LOT o
syniadau!"

Anwybyddodd Miss Morgan Nel.
"Fe gewch chi rannu'r syniadau, eich
polisïau, gyda'r plant eraill…"

"Dwi wrth fy modd yn rhannu
syniadau gyda phlant eraill…"
meddai Nel.

Cofiodd Miss Morgan am
y diwrnod pan oedd y stafell

ddosbarth fel sw Caer – diolch i
syniadau Nel.

"Fi, fi, fi!" Dechreuodd Nel neidio i
fyny ac i lawr.

"Ti'n edrych fel mwnci bach,"
meddai Miss Morgan, oedd yn dal i
feddwl am yr anifeiliaid yn y stafell
ddosbarth.

"Mwnci gyda chwain," brathodd
Barti.

"W, w, w!" Llamodd Nel o
gwmpas yn gwneud stumiau
fel mwnci yn y jyngl, ac
yn crafu bob hyn a hyn.
Edrychai wrth ei bodd.
Dechreuodd y plant
eraill chwerthin – a
dechreuodd Nel neidio yn
uwch a gwneud synau
mwy swnllyd.

"Efallai y byddech chi'n hoffi ymgeisydd mwy call?" Ceisiodd Miss godi ei llais dros y dwndwr.

"W, w, w – mae gen i syniad! Bananas i fwncïod! Losin i blant! Pwy sydd eisie losin?"

Roedd Nel wedi ei deall hi, ochneidiodd Miss Morgan.

"Iawn. A phwy fydd yr ymgeisydd arall 'te?" gofynnodd yr athrawes. Edrychodd ar ei ffôn. Oedd, roedd hi bron yn amser chwarae.

"Pwy sydd eisie sefyll yn erbyn Nel?"

"Fi!" meddai llais mawr blin.

"Barti. Wrth gwrs."

"Dwi ddim eisie Barti yn sefyll ar fy mhwys i."

"Sefyll mewn etholiad, Nel. Mae'n rhaid cael pleidlais."

"Beth yw pleidlais?" gofynnodd Cai.

"Rhoi croes ar bapur wrth enw eich hoff ymgeisydd chi. Dyna sut rydych chi'n pleidleisio. Mae'n rhaid i chi wneud hynny yn dawel, ac yn gyfrinachol, Nel."

"Fi'n gallu bod yn dawel." Chwyrnodd Nel ac yna chwerthin fel mwnci gorffwyll.

Nel yn dawel? Hmmm. Sut fath o ymgeisydd fyddai hi? meddyliodd Miss Morgan. Ymgeisydd da efallai. Roedd hi wedi gwneud addewid yn barod – a byddai'n siŵr o dorri ei gair.

Pennod 2

"Aaaa!" gwaeddodd Dad.

"Aaaa!" gwaeddodd Nel. "Pam ydyn ni'n gweiddi, Dad?"

"Corryn! Mae yna gorryn mawr yn y gornel." Camodd Dad yn ei ôl. Roedd yr hwfer yn ei law o hyd.

"Paid, Idris. Byddi di'n dysgu'r plant yma i fod ofn corynnod." Roedd Mam yn ceisio darllen nofel.

"Does arna i ddim ofn corynnod. Ddim hyd yn oed corynnod blin, bochgoch."

"Da... y... Da iawn, Nel... Mae Nel yn sefyll mewn etholiad, Idris. Ti'n cofio? Dylet ti fod yn ei dysgu hi a Twm am degwch... ac am oddefgarwch."

"Alla i ddim dioddef corynnod, na

llygod Ffrengig," meddai Twm.

"Diolch, Twm! Dwi'n gwybod beth i gael i ti Nadolig – llygoden Ffrengig yn gwisgo mwclis corryn. Ha, ha, ha!" chwarddodd Nel.

Caeodd Mam ei llyfr am ychydig. "A beth am yr etholiad? Oes gen ti syniadau, Nel? Beth yw dy bolisïau di?"

"Mae gen i LOT o syniadau."

"Mae gen i LOT o syniadau hefyd," meddai Mam.

"Beth?"

"Achub y byd, a glanhau'r tŷ heb godi bys – abracadabra!"

Aeth Mam yn ôl i geisio darllen ei nofel cyn y clwb llyfrau. Taniodd Dad yr hwfer ac ailddechrau ar y glanhau – yn swnllyd.

Roedd Nel wrth y gôl yn swingio ei ffon hoci fel gordd.

"Dim ysgol dydd Gwener!" gwaeddodd yn uchel.

"Beth? Sdim ysgol dydd Gwener?" Goleuodd llygaid Cai.

"Pleidleisiwch i Nel – fydd dim ysgol ar ddydd Gwener."

Roedd Nel yn LLAWN syniadau.

Syniadau Nel

Dim gwaith cartref.

Dim bwyd iach.

Pawb i siarad Cymraeg ar yr iard.

Mwy o arian poced.

Darllen stori ar fore Mercher.

Ffynnon siocled i bawb.

Dim bàth i'r gath.

Pnawn sblat paent.

Nadolig dwywaith y flwyddyn. O leiaf.

Troi brodyr yn falws melys – a'u bwyta nhw.

Beics sy'n hedfan.

"Beth am y byd, Nel? Mae problemau yn y byd sydd angen eu datrys."

"Dechrau wrth dy draed. Dyna fydda i'n ei ddweud," meddai Nel. Roedd hi'n mwynhau'r etholiad yn barod. Ond nid pawb oedd yn deall ei syniadau hi.

"E?" gofynnodd Dad.

"Pen-y-daith heddiw. Dechrau'r daith i wella'r byd fory. Alla i ddim gwneud POPETH yn syth. Ocê?"

Roedd Mam a Dad wedi bod yn ceisio helpu Nel. Ond roedd un broblem fawr. Ro'n nhw eisiau gweld polisïau go iawn:

"Mwy o swyddi i bobol leol," meddai Dad.

Siglodd Mam ei phen yn chwyrn. "A beth am bobol sâl? Mae'n fwy pwysig cael arian i ysbytai."

"Mae angen arian ar yr iaith Gymraeg hefyd." Cododd Dad ei lais.

"A beth am y bobol yn y trydydd byd? Does dim byd ganddyn nhw!" Tarodd Mam y bwrdd â'i llaw.

Roedden nhw'n methu'n deg â chytuno. Ac roedd yr anghytuno yn eu gwneud nhw'n grac iawn gyda'i gilydd. Ar hyn o bryd, roedd Dad yn y stafell fwyta yn gwylio etholiad America ar YouTube, ac roedd Mam yn y lolfa yn gwylio'r rhyfel yn Syria ar Newyddion 24.

"Beth sy'n gwneud i ti deimlo'n grac, Nel?" gofynnodd Mam. Roedd Mam yn grac. "Un diwrnod byddi di'n cael pleidleisio i wella problemau sy'n dy wneud di'n flin."

"Pryd?" gofynnodd Nel.

"Pan fyddi di'n un deg wyth oed."

Mmm, meddyliodd Nel. Beth oedd yn ei gwneud hi'n grac? Doedd Nel ddim yn gwybod ble i ddechrau…

Dim mwy o bwdin…

Mynd i'r gwely amser call…

"Twm," atebodd yn gadarn. "A fydda i'n cael pleidleisio un diwrnod i wella problem Twm?"

Roedd Barti Blin yn cynnal cyfarfod arbennig yn y cwpwrdd chwaraeon. Roedd gwe pry cop fel cadwyni o lysnafedd ar hyd y waliau a digon o lwch i wneud i chi dagu. Roedd hi'n dywyll fel bola buwch ac roedd Barti Blin wedi dod â fflachlamp er mwyn

i'r plant eraill allu gweld ei fochau
coch.

Roedd wedi trefnu cyfarfod
i rannu ei syniadau. Roedd
e'n gobeithio y byddai'r plant
eraill yn hoffi ei syniadau.Yna,
bydden nhw'n pleidleisio iddo.
Barti fyddai'n ennill yr
etholiad. A byddai Nel
yn colli. Ha, ha, Nel!
Chwarddodd Barti
a pharatoi i rannu'r
syniadau gwych.
Roedd y plant yn
gyffrous. Ac roedd
un plentyn reit yn
y blaen oedd yn
gyffrous iawn. Ei henw
hi oedd Nel.

Syniadau 'Gwych' Barti Blin

(Ddim yn wych ym marn Nel)

Mwy o arian i bobol dlawd.

Mwy o dai i bobol ifanc.

Pawb i ddarllen am fyd corynnod.

Siarad Cymraeg ar yr iard.

Dim gwisg ysgol.

Mwy o swyddi i bobol leol.

Gwylio *Spider-man* ar ddydd Gwener.

Chwarddodd Nel yn gas. "Ti wedi cael help!" meddai.

"Naddo!" Cododd Barti ei ddyrnau.

Cwympodd y fflachlamp ar lawr. Aeth hi'n dywyll fel pwll glo dan ddaear am funud. Yna, daeth goleuni. Anelodd Nel olau'r fflachlamp i wyneb Barti:

"Dwi'n gwybod pwy sy wedi bod yn dy helpu di – oedolion! Syniadau oedolion yw'r rhain! Syniadau oedolion! Mae Barti Blin yn gwrando ar oedolion!"

Dawnsiodd Nel o gwmpas y lle. Wel, ceisiodd ddawnsio. Doedd dim llawer o le yn y cwpwrdd.

Simsanodd y gôl pêl-droed.

Cwympodd y batiau criced.

Disgynnodd y peli tennis. Crash, bang!

Oedd gobaith iddi hi ennill yr etholiad? Roedd Nel wrth ei bodd!

Pennod 3

Amser brecwast, roedd Nel ar fin plannu ei llwy i ganol llond powlen o Greision Siwgr.

"Pob lwc," meddai Dad a rhoi cwtsh mawr i'w ferch.

"Cofia: nid ennill sy'n bwysig ond cymryd rhan." Plannodd Mam gusan binc ar wyneb Nel.

Pam roedd oedolion yn dweud pethau dwl fel'na? Wrth gwrs ei bod hi'n bwysig ennill! A chusan binc? Ych! Sychodd finlliw merchetaidd Mam oddi ar ei boch â'i llawes lân.

Methodd Nel â bwyta'i brecwast. Roedd ei bol yn troi a throi fel olwyn fawr yn ffair Rhyl.

Roedd hi'n ferw gwyllt ar fore'r etholiad. Roedd pobol yn gwibio fel

gwenyn o gwmpas pot jam. Roedd
yr ysgol yn gyffro i gyd – plant bach
yn gweiddi, plant mawr yn strancio
ac athrawon yn chwerthin yn hy.

Roedd Nel yn gwisgo gwyrdd –
lliw ei phlaid hi. Plaid Nel.

Roedd Barti'n gwisgo coch – lliw
ei blaid ef. Plaid Barti.

Roedd cefnogwyr Nel yn gwisgo
gwyrdd – lliw Plaid Nel.

Roedd cefnogwyr Barti yn gwisgo
coch – lliw Plaid Barti.

Roedd Miss Morgan yn gwisgo
oren. Doedd hi ddim eisiau dangos
ei bod ar ochr yr un o'r ddau
ymgeisydd. Roedd hi'n cefnogi
pawb, a chefnogi neb ar yr un pryd.

Roedd Miss Morgan yn ceisio bod
yn deg.

"Dydy e ddim yn deg," meddai
Nel.

"Dydy e ddim yn deg," meddai Barti.

Ar ôl gwasanaeth bore yr ysgol, cafodd Nel a Barti gyfle i rannu eu syniadau o flaen y dosbarth i gyd.

"Alli di ddim addo'r pethau yna i gyd… Sut wyt ti'n mynd i'w gwireddu nhw?" sibrydodd Barti ar ôl clywed addewidion Nel.

"Alla i ADDO unrhyw beth. Ond ar ôl i fi ennill… wel, alla i wneud UNRHYW BETH dwi eisie wedyn."

"Dyw hynny ddim yn iawn." Cochodd Barti fel tân.

"Mae hynny'n HOLLOL iawn. Dyna sut mae etholiad yn gweithio."

"Ddim yng Nghymru…"

"Hyd yn oed yng Nghymru…"

Teimlodd Nel ergyd yn ei bola. Edrychodd yn syn. Ond doedd

neb wedi ei tharo go iawn. Ergyd
anweledig oedd hi. Tylwyth teg
nerfau oedd ar fai.

"Dim ysgol ar ddydd Gwener.

Ie i ffynnon siocled.

Na i fâth i gath."

Teimlai Nel yn rhyfedd. Oedd
hi'n teimlo'n drist? Ar ei diwrnod
MAWR? Diwrnod Nel?

"Dim bwyd iach.

Pawb i siarad Cymraeg ar yr iard.

Mwy o arian poced."

Fe hoffai hi allu gwireddu'r pethau
hyn, bob un. Roedden nhw i gyd yn
bolisïau gwych – ei syniadau hi, Nel,
oedden nhw. Ond doedd hi ddim yn
gwybod ble i ddechrau. Dim ysgol
dydd Gwener? Fe fyddai'n rhaid
gofyn i Mrs Puw, y Pennaeth. A
fyddai hi'n cau'r ysgol dydd Gwener

am fod Nel yn gofyn iddi wneud hynny?

"Pob lwc," meddai Nel wrth Barti, ac estyn ei llaw.

"Dim lwc," meddai Barti ac estyn ei law yntau.

Tynnodd Nel ei llaw yn ôl yn gyflym a gwneud ystum trwmped ar ei thrwyn. "Na-na, na, na, na-na!" Chwythodd sŵn rhech gyda'i thafod rydd.

Yn ôl yn ei sedd, hisiodd Nel wrth ei ffrindiau:

"Beth petai Barti yn…?" Aeth ei gwddf yn sych.

"Ennill?" gorffennodd Dyta Dawel y frawddeg.

Nodiodd Nel. Teimlai ei phen yn drwm fel un Bendigeidfran.

"Fe allen i gynnig cyfri'r

pleidleisiau. Dwi ddim yn un dda am gyfri…" meddai Nel yn dwyllodrus.

"Na, Nel. Mae'n rhaid i ni gyfri'r pleidleisiau'n deg," mynnodd Mair Mwyn.

Doedd Nel ddim yn gwybod beth i'w wneud – am unwaith!

"Wyt ti eisie i Barti ennill? Wyt ti'n caru Barti? Byddi di eisie rhoi cusan iddo fe nesaf!"

Fflamiodd bochau Mair Mwyn.

Yna, cafodd Nel syniad. Gafaelodd yn ei FfG a rhoi cwtsh mawr iddi.

"Mair, ti yw'r gorau. Dwi'n dy garu di!"

Chwarddodd y ddwy ferch fach, er na wyddai Mair pam ei bod hi'n chwerthin, wir!

Amser chwarae, daeth y cyfle olaf i siarad â'r plant eraill. Y cyfle olaf iddyn nhw weld mai ei pholisïau hi oedd y rhai gorau. Roedd Barti'n chwarae pêl-droed. Roedd e newydd sgorio gôl, ac roedd e'n sychu ei fochau fflamgoch yng nghrys coch ei blaid. Rhuthrodd Cai tuag ato ac fe gofleidiodd y ddau. Roedd Nel wedi agor bag losin ENFAWR (bag losin Twm), ac roedd wrthi'n rhannu syniadau – a fferins – gyda'r plant eraill.

Roedd hi'n brysur yn lledaenu sïon hefyd. Roedd Barti'n mwynhau bod yn iach. Fe hoffai i bawb redeg rownd y cae. Dwywaith… Y math yna o beth…

"Os ydych chi'n rhoi CROES wrth enw Barti, ry'ch chi'n rhoi CUSAN wrth enw Barti. Pwy sydd eisie rhoi cusan i Barti?"

Dechreuodd rhai sgrechian a rhedeg o gwmpas yr iard, fel petai hi'n Galan Gaeaf a'u bod wedi gweld yr Hwch Ddu Gwta.

Roedd pawb bron yn barod i bleidleisio. Roedd cyfle i ofyn un cwestiwn olaf i Barti a Nel.

Daeth yr ymgeisydd cyntaf i flaen y dosbarth. Nel o Blaid Nel.

"A fydd ysgol dydd Gwener?" gofynnodd Gwern Gwybod Popeth.

"Na. Fydd dim ysgol dydd Gwener," atebodd Nel.

Pesychodd Miss Morgan.

Daeth yr ail ymgeisydd yn ei flaen. Barti o Blaid Barti.

"Pwy yw dy hoff dîm pêl-droed di?" gofynnodd Cai gan wenu. "Bala neu Aberystwyth?"

"Bala," atebodd Barti.

Edrychodd Nel ar wyneb Cai. Oedd y wên wedi diflannu? Pam roedd e'n gwgu?

"Siapa hi, MM!"

Er gwaethaf protest Gwern, roedd Mair yn cymryd ei hamser i roi croes ar y papur pleidleisio. Safai Gwern y tu ôl iddi, ond ni allai weld pwy oedd dewis Mair. Roedd pob pleidlais yn gyfrinachol. Roedd pawb, yn ei dro, yn rhoi croes ar bwys enw eu ffefryn – Plaid Barti neu Blaid Nel. Ond doedd yr un oedd yn gwybod popeth fel arfer ddim angen gweld y papur. Gwyddai Gwern fod Mair Mwyn

wedi rhoi ei chroes hi ar bwys enw
ei FfG hi. Os nad oedd Gwern eisiau
i Nel ennill, byddai'n rhaid iddo
bleidleisio i Barti.

Roedd Miss Morgan wrthi'n cyfri'r
pleidleisiau.

"Monster Raving Loony Party,"
sibrydodd Nel wrth i Barti wingo yn
ei sedd.

"Plaid Pen yn y Cymylau," hisiodd
Barti wrth i Nel ddawnsio yn
ddiamynedd.

Cliriodd yr athrawes ei gwddf yn
swnllyd. Ac i Blaid Nel, cyhoeddodd
yn uchel: "Un, dau, tri… 13, 14, 15…
Ac mae un bleidlais ar ôl – 16."

"Mae canlyniad yr etholiad fel a
ganlyn… Plaid Barti – 15. Plaid Nel
– 16."

"Ha! Gwell lwc tro nesaf," meddai

Nel wrth Barti – ar ôl iddi orffen neidio lan a lawr yn orffwyll.

"Pff! Pwy sy eisie ennill etholiad ddwl? Mae'r byd yn cael ei reoli gan bêl-droed!" gwaeddodd Barti'n orfoleddus. Gafaelodd yn ei bêl a rasio tuag at y cae chwarae.

"Ga i ofyn cwestiwn i ti, Cai?" holodd Nel.

"Gofyn di."

"Wnest ti bleidleisio i fi?"

Gwenodd Cai. "Dwi ddim yn ateb cwestiynau, dim ond eu gofyn nhw. A dwi'n cefnogi Aberystwyth."

Epilog

Doedd ennill ddim yn hawdd.

Roedd pobol yn dod ati hi, Nel, o hyd ac yn gofyn am bethau. Ac ro'n nhw'n disgwyl eu cael nhw hefyd. Roedd Nel yn lwcus bod ganddi ffrindiau i'w helpu.

Roedd Nel yn stafell y Pennaeth – nid am y tro cyntaf. Ond doedd hi ddim wedi cael ei galw yno heddiw. Roedd hi yno i drio gwireddu un o'i haddewidion hi.

"Beth am gau'r ysgol dydd Gwener? Byddai pawb yn hapus – hyd yn oed yr athrawon."

Chwarddodd Mrs Puw. Ddywedodd hi ddim byd am sbel.

"Alla i ddim," meddai o'r diwedd.

"Pam?"

"Achos nid fi sy'n penderfynu'r pethau hyn."

"Dwi'n mynd i fod yn brif weinidog," meddai Nel ar ôl meddwl yn hir.

Roedd y Pennaeth yn cymryd ei hamser i ateb. "Efallai y dylet ti fod yn brif ferch yn gyntaf," gwenodd Mrs Puw.

"Prif ferch? Ydych chi eisie i mi fod yn brif ferch?" Gwenodd Nel fel giât y tu allan i'r Cynulliad.

"Na, Nel!" daeth yr ateb yn gyflym, fel mellten o'r nefoedd.

Hefyd ar gael: